MW01139961

LITTLE JAMIE BOOK

What It's Like to Be...
Qué se siente al ser...

ÓSCAR DE LA HOYA

BY/POR
TAMMY GAGNE

TRANSLATED BY/
TRADUCIDO POR
EIDA DE LA VEGA

Mitchell Lane
PUBLISHERS

P.O. Box 196
Hockessin, Delaware 19707
Visit us on the web: www.mitchelllane.com
Comments? Email us:
mitchelllane@mitchelllane.com

Mitchell Lane
PUBLISHERS

Printing   1   2   3   4   5   6   7   8   9

A LITTLE JAMIE BOOK

What It's Like to Be . . .   Qué se siente al ser . . .

América Ferrera	América Ferrera
Cameron Díaz	Cameron Díaz
George López	George López
Jennifer López	Jennifer López
The Jonas Brothers	Los Hermanos Jonas
Kaká	Kaká
Mariano Rivera	Mariano Rivera
Mark Sánchez	Mark Sánchez
Marta Vieira	Marta Vieira
Miley Cyrus	Miley Cyrus
Óscar De La Hoya	Óscar De La Hoya
Pelé	Pelé
President Barack Obama	El presidente Barack Obama
Ryan Howard	Ryan Howard
Selena Gómez	Selena Gómez
Shakira	Shakira
Sonia Sotomayor	Sonia Sotomayor
Vladimir Guerrero	Vladimir Guerrero

Library of Congress Cataloging-in-Publication Data
Gagne, Tammy.
 What it's like to be Óscar De La Hoya / by Tammy Gagne ; translated by Eida de la Vega = Qué se siente al ser Óscar De La Hoya / por Tammy Gagne ; traducido por Eida de la Vega.
   p. cm. — (A little jamie book / un libro "little jamie")
 Includes bibliographical references and index.
 ISBN 978-1-61228-322-7 (library bound)
1. De La Hoya, Óscar, 1973– —Juvenile literature. 2. Boxers (Sports)—United States—Biography—Juvenile literature. I. Vega, Eida de la. II. Title. III. Title: Qué se siente al ser Óscar De La Hoya.
 GV1132.D37G34 2012
 796.83092—dc23
 [B]
                                                                                2012028102
eBook ISBN: 9781612283920

What It's Like to Be... /
Qué se siente al ser...

ÓSCAR DE LA HOYA

Óscar De La Hoya is one of the best-known boxers in the world. During his 16-year professional career, Óscar has won 10 world titles and defeated 17 world champions.

Óscar De La Hoya es uno de los boxeadores más conocidos del mundo. Durante sus 16 años de carrera profesional, Óscar ha ganado 10 títulos mundiales y ha derrotado a 17 campeones mundiales.

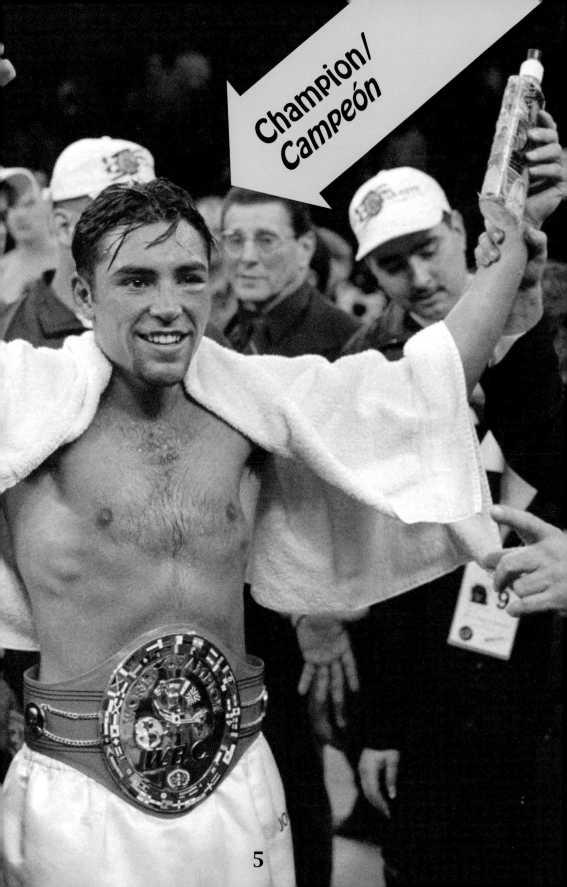

Champion/
Campeón

Óscar De La Hoya

Father / *Padre*
Joel De La Hoya Sr.

Óscar was born February 4, 1973, in Los Angeles, California. His parents, Joel and Cecilia De La Hoya, had moved to the United States from Mexico before Óscar was born. He has an older brother named Joel Jr. and a younger sister named Ceci.

Óscar nació el 4 de febrero de 1973 en Los Ángeles, California. Sus padres, Joel y Cecilia De La Hoya, se habían mudado a Estados Unidos antes de que Óscar naciera. Tiene un hermano mayor que se llama Joel Jr. y una hermana menor que se llama Ceci.

Óscar began boxing in a kids' tournament at the Pico Rivera Sports Arena when he was just six years old. He won his first fight by knocking his opponent out in the first round.

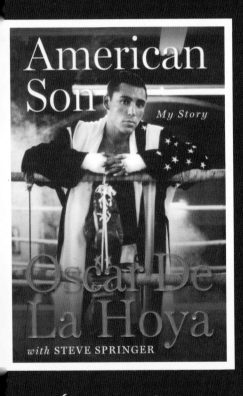

American Son

My Story

Óscar De La Hoya

with STEVE SPRINGER

Óscar empezó a boxear en un torneo para chicos en el estadio deportivo Pico Rivera cuando tenía sólo seis años. Ganó su primera pelea noqueando a su oponente en el primer asalto.

One might say boxing runs in Óscar's blood. His grandfather, Vicente De La Hoya, was once an amateur boxer in Durango, Mexico. Óscar's father had been a professional boxer in Los Angeles.

Se podría decir que el boxeo corre en la sangre de Óscar. Su abuelo, Vicente De La Hoya, fue boxeador aficionado en Durango, México. El padre de Óscar había sido boxeador profesional en Los Ángeles.

When Óscar was 15, he won the national Junior Olympic 119-pound title. The next year, he added the Golden Gloves title for the 125-pound division to his growing list of accomplishments. Óscar's future in boxing was looking like a bright one.

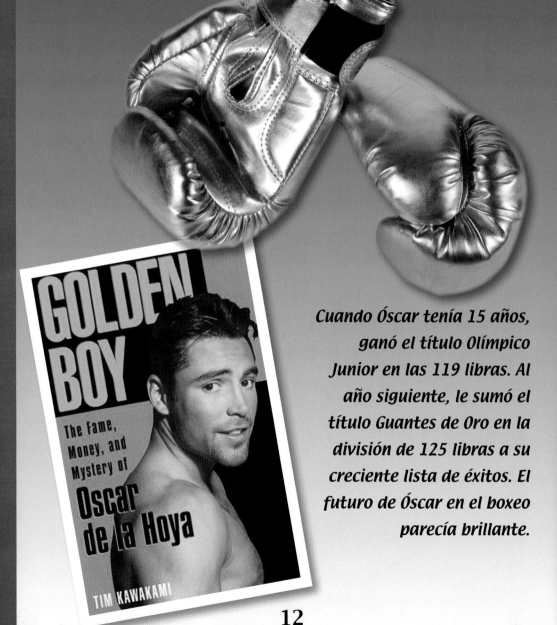

Cuando Óscar tenía 15 años, ganó el título Olímpico Junior en las 119 libras. Al año siguiente, le sumó el título Guantes de Oro en la división de 125 libras a su creciente lista de éxitos. El futuro de Óscar en el boxeo parecía brillante.

In the midst of Óscar's success in the ring, he suffered a devastating loss. This one was personal. Óscar's mother, who had been fighting breast cancer, died in October of 1990. She was just 39 years old. Before she passed, Óscar promised her that he would win an Olympic gold medal.

En medio de su éxito en el cuadrilátero, Óscar sufrió una pérdida devastadora. Esta vez personal. Su madre, que había estado luchando contra el cáncer de seno, murió en octubre de 1990. Antes de que muriera, Óscar le prometió que ganaría una medalla olímpica de oro.

Óscar fulfilled his promise to his mother at the 1992 Olympic Games in Barcelona, Spain. He was the only boxer from the USA to win gold. This feat earned Óscar the nickname "Golden Boy."

Óscar cumplió la promesa hecha a su madre en los Juegos Olímpicos de Barcelona, España. Fue el único boxeador de Estados Unidos en ganar el oro. Esta hazaña le ganó el sobrenombre de "Chico de Oro".

Later that year, Óscar ended his amateur career with 225 wins, 5 losses, and 163 knockouts. It was time to turn professional.

Trainer /
Entrenador
Robert
Alcázar

Ese mismo año, Óscar terminó su carrera de aficionado con 225 peleas ganadas, 5 perdidas y 163 nocauts. Era hora de entrar en el profesionalismo.

Óscar continued to succeed as a pro athlete. But he wasn't just winning; Óscar was also making a lot of money. He is still considered the king of pay-per-view, earning more than $600 million from all his pay-per-view fights.

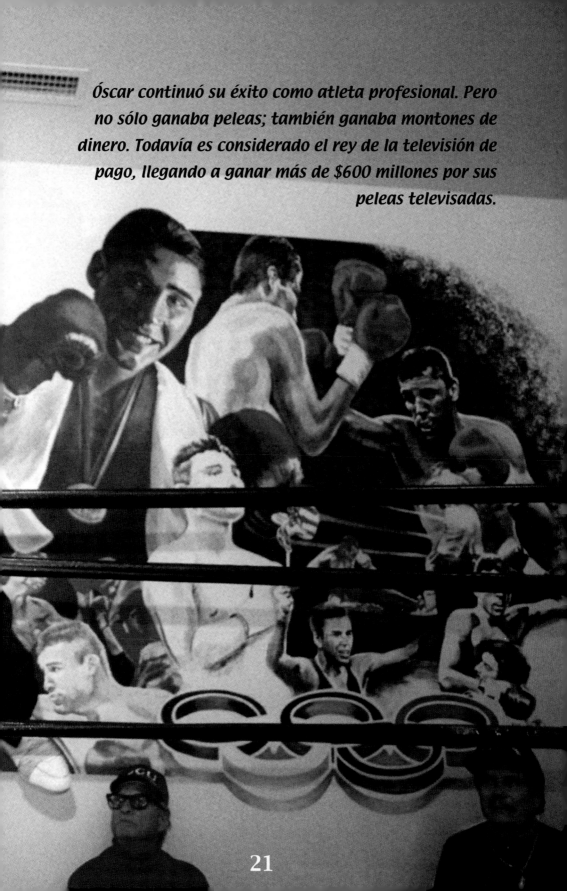

Óscar continuó su éxito como atleta profesional. Pero no sólo ganaba peleas; también ganaba montones de dinero. Todavía es considerado el rey de la televisión de pago, llegando a ganar más de $600 millones por sus peleas televisadas.

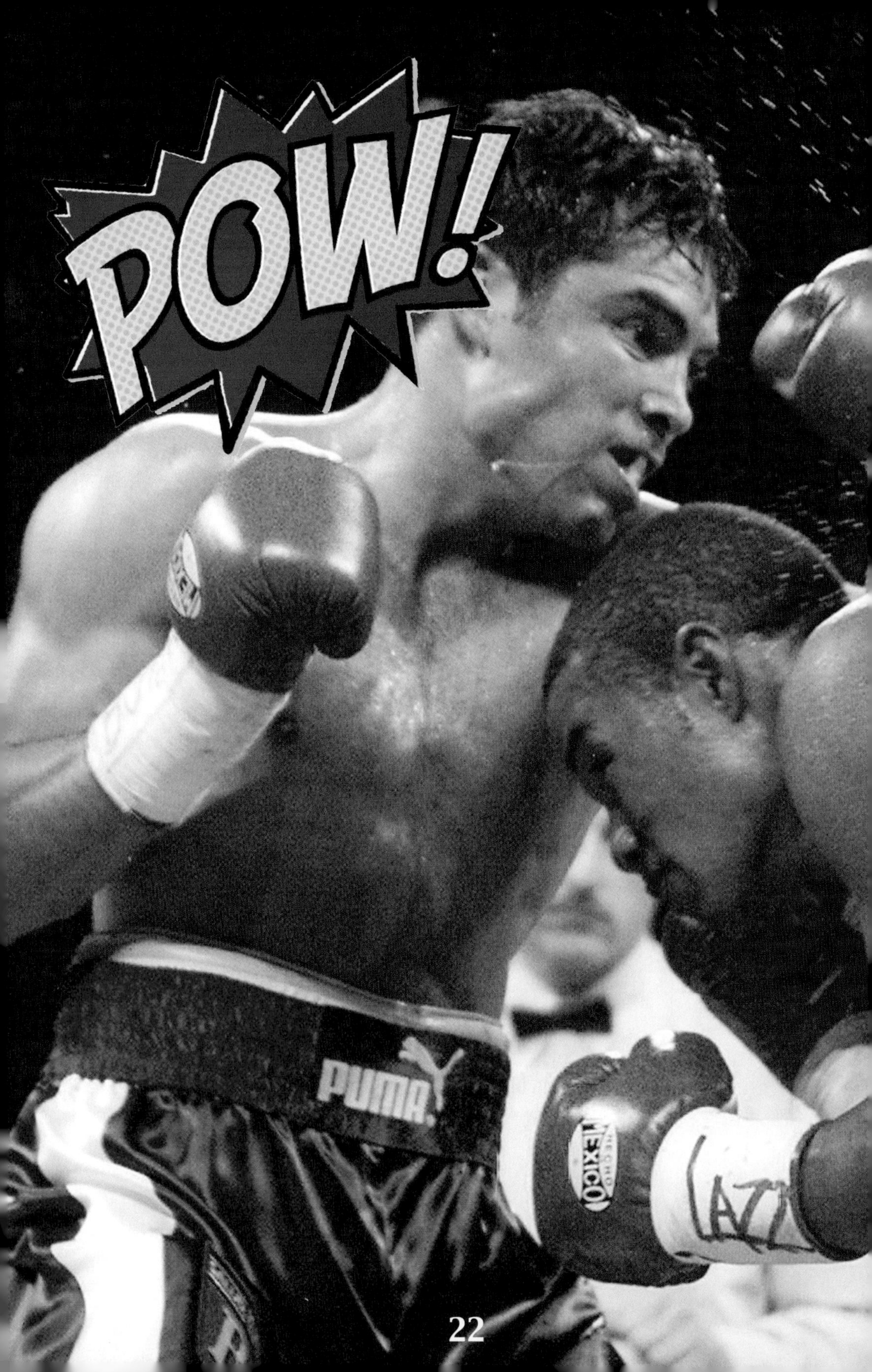
POW!
PUMA
MEXICO

Óscar's first professional defeat came in 1999 when he lost the fight for the world welterweight championship to Félix Trinidad. The following year, Óscar lost another fight and decided to take some time off from boxing.

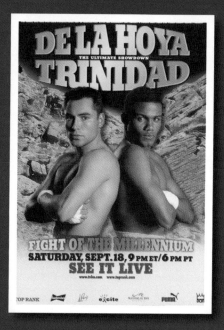

La primera derrota profesional de Óscar llegó en 1999, cuando perdió contra Félix Trinidad la pelea por el campeonato mundial wélter. Al año siguiente, Óscar perdió otra pelea y decidió tomarse un descanso del boxeo.

Sister /
Hermana
Ceci

Oscar and Ceci helped dedicate the Cecilia González De La Hoya Cancer Center at the White House Memorial Medical Center in Los Angeles. It was named in honor of their mother.

Óscar y Ceci ayudaron a inaugurar el Centro contra el Cáncer Cecilia González De La Hoya en el Centro Médico White House Memorial de Los Ángeles. Lo nombraron en honor a su madre.

In 2000, Óscar recorded a music album. His song "Ven a mí" was nominated for a Latin Grammy award. Óscar thinks singing is tougher than boxing. "I do it in the shower now, that's about it," he shared with *Sports Illustrated*. "Hitting that high note is more difficult than throwing a knockout punch."

En el año 2000, Óscar grabó un álbum musical. Su canción "Ven a mí" fue nominada para un Grammy Latino. Óscar cree que es más difícil cantar que boxear. "Ahora sólo lo hago en la ducha; eso es todo", comentó a la revista Sports Illustrated. "Alcanzar una nota alta es más difícil que pegar un nocaut".

Millie

TRUE LOVE

Óscar

LUV YA

U R SPECIAL

goldenboypromotions.c

BE MINE

HUGS & KISSES

Although his singing career was short, it led him to love. His record label hosted an event where he met singer Millie Corretjer. In 2001, they were married. Their first child, Óscar Gabriel, was born in 2005. In 2007, they had a second child, a baby girl named Nina Lauren Nenitte. Óscar also has three other children—Atiana, Devon, and Jacobo.

Aunque su carrera de cantante fue corta, lo condujo al amor. Su disquera celebró un evento donde Óscar conoció a la cantante Millie Corretjer. Se casaron en el 2001. Su primer hijo, Óscar Gabriel, nació en el 2005. En el 2007, tuvieron un segundo hijo, una niña llamada Nina Lauren Nenitte. Óscar también tiene otros tres hijos: Atiana, Devon y Jacobo.

Brother / *Hermano* Joel

Óscar defeats Ricardo Mayorga / *Óscar derrota a Ricardo Mayorga*

STOP HR 4437

28

Óscar returned to boxing for a while in 2003. He even added another technical knockout to his record in his 2006 fight against Ricardo Mayorga. Unfortunately, this victory was followed by several crushing defeats. Óscar retired from boxing in 2009, but he continues to work in the sport through his company, Golden Boy Promotions.

Announces retirement / *Anuncia retiro*

Óscar volvió al boxeo temporalmente en el 2003. Incluso añadió un nocaut técnico a su historial en una pelea en el 2006 contra Ricardo Mayorga. Lamentablemente, a esa victoria le siguieron varias derrotas aplastantes. Óscar se retiró del boxeo en el 2009, pero continúa trabajando en el deporte a través de su compañía, Golden Boy Promotions.

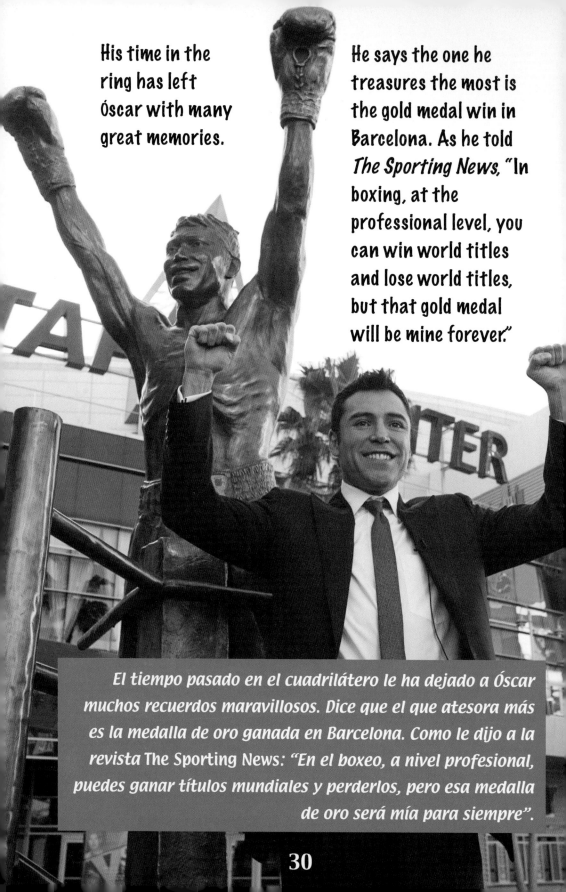

His time in the ring has left Óscar with many great memories.

He says the one he treasures the most is the gold medal win in Barcelona. As he told *The Sporting News*, "In boxing, at the professional level, you can win world titles and lose world titles, but that gold medal will be mine forever."

El tiempo pasado en el cuadrilátero le ha dejado a Óscar muchos recuerdos maravillosos. Dice que el que atesora más es la medalla de oro ganada en Barcelona. Como le dijo a la revista The Sporting News: "En el boxeo, a nivel profesional, puedes ganar títulos mundiales y perderlos, pero esa medalla de oro será mía para siempre".

Darraj, Susan Muaddi. *Oscar De La Hoya*. New York: Chelsea House, 2008.

De La Hoya, Oscar, and Mark Shulman. *Super Oscar*. New York: Simon & Schuster, 2012.

Oscar De La Hoya: Biography http://www.biography.com/people/oscar-de-la-hoya-9542428

Sports Illustrated Vault: Oscar De La Hoya, http://sportsillustrated.cnn.com/vault/topic/article/Oscar_De_La_Hoya/1900-01-01/2100-12-31/mdd/index.htm

Works Consulted/Obras consultadas

De La Hoya, *Oscar. American Son: My Story*. New York: It Books, 2009.

Fagan, Ryan. "Sports Talk with Oscar De La Hoya." *The Sporting News*, April 23, 2007.

Gutskey, Earl. "Relative Humility: He's Just Oscar Around Extended De La Hoya Clan." *Los Angeles Times*, July 1, 1992.

Mannix, Chris. "Oscar De La Hoya." *Sports Illustrated*, March 12, 2007.

TV Guide, http://www.tvguide.com/celebrities/Oscar-de-la-hoya/bio/216262

Van Riper, Tom. "Boxing's Last Golden Boy?" Forbes.com, January 15, 2009. http://www.forbes.com/ 2009/01/14/boxing-Oscar-de-la-hoya-biz-sports_cx_tvr_0115delahoya.html

INDEX/ÍNDICE

Alcázar, Robert 18
amateur career / carrera de
    aficionado 12–19
Barcelona, Spain / Barcelona,
    España 16–17, 30
birth / nacimiento 7
Cecilia González De La Hoya
    Cancer Center / Centro
    contra el Cáncer Cecilia
    González De La Hoya 24
Corretjer, Millie 26–27
De La Hoya
    Atiana 27
    Ceci 7, 24
    Cecilia 7, 14–17, 24
    Devon 27
    Jacobo 27
    Joel Jr. 7, 28
    Joel Sr. 6–7, 10
    Nina Lauren Nenitte 27
    Óscar Gabriel 27
    Vicente 10
"Golden Boy" / "Chico de Oro"
    16–17
Golden Boy Promotions 29
Golden Gloves / Guantes de
    Oro 12
gold medal / medalla de oro
    14, 30
Junior Olympic title / título
    Olímpico Junior 12
Latin Grammy / Grammy
    Latino 25
Los Angeles / Los Ángeles 7,
    10, 24
Mexico / México 7, 10
Mayorga, Ricardo 28–29
Olympics / Juegos Olímpicos
    14, 16–17
pay-per-view fights / peleas de
    pago 20–21
Pico Rivera Sports Arena /
    estadio deportivo Pico
    Rivera 8
professional career / carrera
    profesional 18–23, 29
record / estadísticas 4, 18
singing career / carrera como
    cantante 25
Trinidad, Félix 22–23
"Ven a mí" 25

ABOUT THE AUTHOR: Tammy Gagne has written numerous children's books, including *What It's Like to Be Cameron Díaz* and *What It's Like to Be Pelé* for Mitchell Lane Publishers. She resides in northern New England with her husband and son.
ACERCA DE LA AUTORA: Tammy Gagne ha escrito numerosos libros para niños, incluyendo *¿Qué se siente al ser Cameron Díaz?* y *¿Qué se siente al ser Pelé?* para Mitchell Lane Publishers. Vive en el norte de Nueva Inglaterra con su esposo y su hijo.

ABOUT THE TRANSLATOR: Eida de la Vega was born in Havana, Cuba, and now lives in New Jersey with her mother, her husband, and her two children. Eida has worked at Lectorum/Scholastic, and as editor of the magazine *Selecciones del Reader's Digest*.
ACERCA DE LA TRADUCTORA: Eida de la Vega nació en La Habana, Cuba, y ahora vive en Nueva Jersey con su madre, su esposo y sus dos hijos. Ha trabajado en Lectorum/Scholastic y, como editora, en la revista *Selecciones del Reader's Digest*.